글나무 시선 10

시월 대관령

글나무 시선 10
시월 대관령

저 자 | 이구재
발행자 | 오혜정
펴낸곳 | 글나무
주 소 | 서울시 은평구 진관2로 12, 912호(메이플카운티2차)
전 화 | 02)2272-6006
등 록 | 1988년 9월 9일(제301-1988-095)

2023년 11월 10일 초판 인쇄 · 발행

ISBN 979-11-87716-89-1 03810

값 12,000원

이 책은 **강원**특별자치도, 강원문화재단 강원문화재단 후원으로 발간되었습니다.

시월 대관령

이구재 시집

책상 위에 있는 탁상 달력을 1월로 넘겨 본다.

빨간색 볼펜으로 친 동그라미가 빼곡하다.

22일 설날부터는 악몽 같은 시간이었다.

예술지원금 신청도 해놓고 설 명절도 잘 지내고 그날 밤부터 원인 모를 통증에 시달렸다.

"사람이 만일 온 세상을 얻고도 제 목숨을 잃는다면 무엇이 유익하리요."

신약 성서의 말씀이 생각났다.

연휴라서 병원에도 못 가고 이가 부딪칠 정도로 떨면서 둔탁한 것으로 내려치는 듯한 어깨의 통증을 견뎌야 했다.

헬만 햇세가 말년에 유언처럼 쓴 시의 "내 의식이 깨어 있는 중에 죽고 싶다"고 한 대목도 생각했다.

결국은 응급실로 가 70일간의 입원 치료를 받았다. 퇴원 후에도 약해질 대로 약해진 영육의 회복은 더디기만 했다.

병은 자랑처럼 떠들어야 빨리 낫는다는 옛말이 있지만 지난해엔 빈혈증이 심한 중 코로나와 대상포진까지 앓았고 올 초부터는 '봉와직염'이라는 병마에 시달린 나는 감

히 무얼 쓴다는 생각조차 못 하고 지냈다. 입원 중에 예술지
원금 수혜 소식을 듣고도 마냥 기뻐하지도 못했다.

책을 묶는다는 것은 여러 면에서 신경 쓸 일이 많다. 여
섯 번째 시집 『그리움은 지나야 온다』 이후 쓴 작품 중 54
편을 나누어 1부는 자연과 계절, 2부는 가족사, 3부는 종교,
4부는 체험에서 얻은 소재로 했다.

시 쓰는 일이 하기 쉬워서 하는 게 아니라, 어렵지만 쓰
고 나면 기분 좋은 일이라서 계속 쓰고 싶은 것이다.

올해 80이 된 내 삶이 얼마나 더 이어져 갈지 모르나 내
삶에 스며들어 온 것들을 정제하여 시로 표현하며 하나님
부르실 때까지 살고 싶다.

2023. 9. 초가을

차 례

시인의 말 — 4

해설 | 원로 시인의 사유, 그 확장력 / 남진원 — 113

1부 살구꽃 편지

황새냉이꽃 — 13

살구꽃 편지 — 14

오월의 초대 — 16

오월의 바다 — 18

오월은 2 — 19

칠월의 글라디올러스 — 20

풀잎에 대한 명상 — 21

수묵 빛으로 온 가을 — 22

팔월 — 24

어느 가을날에 — 25

가을이 가을에 왔다 — 26

시월 대관령의 도루묵 알 — 28

삭아지지 않는 — 30

시월 그 하늘 — 31

겨울 숲 — 32

2부 꼬부랑 할머니

그럴지라도 — 35

우리 할머니 — 37

할머니의 웅얼거림 — 38

훈장 없는 영웅 — 40

독립자금 모집책 李康夏 — 42

꼬부랑 할머니 — 45

그 꽃의 어미 — 47

두려워 말자 — 50

한뉘 — 52

사약 같은 말 한마디 — 54

그 남자 — 56

임이 오신다면 — 58

3부 비아 돌로로사

하늘 소망 — 61

은혜의 강물 흐르는 곳 — 62

병상 기도 1 — 64

비아 돌로로사 — 66

빌라도의 법정 — 67

가시관과 홍포 — 69

예수 처음 쓰러지신 곳 — 71

슬퍼하는 어머니 마리아를 만난 곳 — 72

십자가를 대신 져 준 시몬 — 74

베로니카의 수건 — 75

두 번째 쓰러지신 곳 — 76

슬피 울며 따라오는 여자들 — 77

세 번째 쓰러지신 곳 — 79

예수 옷을 벗긴 곳 — 81

망치 소리와 비명 — 82

예수 죽음을 맞다 — 83

예수님의 시신을 내려놓은 곳 — 85

요셉의 묘에 예수님의 시신을 — 87

시월 대관령

4부 단 하룻밤 내 품에

좁교라는 가축을 아시나요 — 91

각시병 — 94

벼랑에 서면 — 96

주문진 해안도로 1 — 98

주문진 해안도로 2 — 99

주문진 해안도로 3 — 100

월띠(月帶) — 101

단 하룻밤 내 품에 — 104

고 이충희 시인을 추모하며 — 106

1부

살구꽃 편지

황새냉이꽃

진흙 바닥이라도 좋아요
그댈 기다릴 수만 있다면

텅 빈 논바닥에서
모진 추위도 견딘 걸요

정이월 다 가고
삼월이 되면

당신의 눈부신 날개 빛깔로
흰 꽃을 피워
봄소식 가장 먼저 알리겠어요

사무치는 그리움이여
한 오백 년이라도
외발로 서서
그대를 기다리겠어요.

살구꽃 편지

집 앞 이층집이 헐리니
안 보이던 뒤뜰이 보였다

거기 우두커니 나무 한 그루
거무튀튀한 맨몸으로
빈 뜰 지키며 겨울을 나더니
어느 날 발그스럼 꽃망울이 보였다

주문진 봄바람은 거칠고 사나워
장독 뚜껑도 날리는데
용케도 분홍 꽃들이 활짝 피어났다

곱다는 말보다 더 아름다운 말로
칭찬해 주고 싶은 저 살구나무
엷은 분홍 꽃잎을 온 동네 흩날리는데
집 팔고 이사 간 주인에게
봄 편지를 보내는 거 같다

아무래도 올봄은

마스크 안 써도 되는

살구나무의 봄이로구나.

오월의 초대

그리운 이여

정오의 햇살이 바다에 내려와
청록으로 빛나네

산과 들판은 온통
연둣빛으로 살랑이고
아카시아 꽃숭어리가
짤랑이며 향을 퍼트릴 때
찔레 덤불에
호랑나비 날아드네

코로나19 바이러스가
우릴 가두어도
어둠은 사라져 가고
봄날은 우리 곁에 왔다네

나 오늘은 그대를 위해
은수저를 닦으리
정갈한 원탁에 촛불을 밝혀 두고
옥빛 말간 달이 떠오를 때까지

그리운 이여
나지막이 나는 나비 떼같이
오월을 즐기세.

오월의 바다

너울거리는
파랑의 갈피마다
청록의 반짝이가
눈부시다

또 오마고
말하지 않았어도
오래도록 오갔던
그 바닷가엔 미역 내가 올라왔지

지상의 모든 것 푸르렀을 때
그이를 만나고 온 날처럼
바다는 여전한지

밤에 들어도
청록으로 반짝이는
그날의 파도 소리
꿈속에서도 푸르구나.

오월은 2

부드러운 바람과
반짝이는 햇살이
초록을 만드는 계절

봄꽃 떨어져도 웃고
아파트 그늘
내 뜰을 덮쳐도 웃고

어찌 이 아름다운 날
괴로움 많았다 실토하겠는가
모든 걸 덮어 주는
초록 초록한 날에.

칠월의 글라디올러스

붉은 저 꽃 좀 봐
장맛비 속에서도
죽을힘을 다해
꼿꼿이 서 있잖아

폭염에 벼린 목을
소리 없이 곧추 들고
촛불처럼 서 있잖아

빗발 굵게 퍼부어도
끓는 그리움 꺼지지 않고
피 맺히도록 빨갛게 타오르잖아

젖어도 꺼지면 안 되는
무슨 사연이 있기에
저토록 붉게 서 있는지
저 꽃 좀 봐.

풀잎에 대한 명상

밟혀도 쓰러지지 않는
인내

엎드렸다가도 혼자 일어서는
의지

죽은 척
누웠다가도 벌떡 일어서는
순종

저지른 죄 하나 없는
잡초라 부르는 풀은

아무것에도 기대지 않는다.

수묵 빛으로 온 가을

시월의 초하루가
젖어서 왔다

이튿날은 비를 숨기고
회색 얼굴을 하고는
초사흘 달도 숨겨서
깜깜한 밤이었다

가을이 돌아와
닷새가 되어도
하늘은 마냥 울고 있다

근심 걱정에 흔들리는 건
논밭 곡식뿐 아니다
일만 근심의 슬픔이
사람과 짐승에게 곤충에게도
무거운 바윗덩이 되어

습지에 갇혀 있다

세상 돌아가는 게 꼴사나워
가을은 먹물 들인
수의(壽衣)를 걸치고 왔나 보다.

팔월

팔월 첫날의 햇볕이
익을 대로 익은
고추를 노려본다
바람도 붉게 불어와
잠자리 날개를 빨갛게 달구고
매미 소리도 뜨겁게 짙어진다

뭉게구름 온종일 떠돌던
하늘은
어스름 저녁에 붉어졌다

땡볕에 공 차던 아이들 웃는 소리도
빨갛게 여물어 간다.

어느 가을날에

청동 거울 같은 수면 위로
솟아오르는 아침을
만났을 때
말을 닫았고

밝고 맑기만 해서
시린 눈은
침묵했다

숲이나 들꽃들이
옷을 벗기 시작했다
아직 곱다면서도
하나씩 벗어 내놓았다

"공짜로 가져가세요
자선 바자회입니다"

가을이 소리쳤다.

가을이 가을에 왔다

맑고 드높은
푸른 하늘을 이고 왔다

숨겨 놓은 부끄러움도
들킬 것만 같은
깨끗한 고요

몸속에 흐르는
삿된 것들
널 바라보던
붉은 피도
버리고 싶은 날이다

맑아서 싸늘한
다시 외로워도 좋은 날

시름 환히 비우고

무늬 없는 은빛 숨결로

가을과 함께

깊어지리라.

시월 대관령의 도루묵 알

강릉을 떠나 대관령을 넘는 버스 속
두 할머니의 대화에 빠지다

"깅자 어무이요, 오른펜짜글 보우야
 저 고라뎅이 소낭구 사이루 잎파구
 울긋불긋 몽길몽길 한기 도루멕이 알 같잖소?"

"어머야, 우떠 저닷하나 잎파구 단풍든기
 똑 도루멕이 알 씨러놓기 같네야."

시인의 눈보다 더 아름다운 걸 보고
시인의 상상력보다 더 깊은 그분들의 대화에 스며들었다

"요점엔 바우에 도루멕이 알 귀경두 모하장가
 아덜 어릴짼 시장통 질바닥서 주먹뎅이 마한
 도루멕이 알 찐거르 사 먹으메 꼬십다 했장가."

"그 적엔 갈쿠렝이 들고 물에 들어가맨
바우에 도루멕이 알이 씨글씨글 했어
그기 다 어딜루 갔을까."

"그때 우덜이 너무 마이 따 먹어 그래장가
알 씨러 온 늠을 그물로 다 잡아재끼니
이전 고기도 귀하장가."

할머니들의 아슴푸레한 기억 속의 회한에
슬픈 바다가 따라와 출렁였다.

삭아지지 않는

바람 찬
텅 빈 밤에
주저앉아
달빛을 맞는다

치렁치렁한
저 은사슬에
묶여

그렁그렁
이토록 아픈
그리움이었던가

묵혀도 묵혀도 삭아지지 않는.

시월 그 하늘

저 하늘을 찌르면
청잣빛 물이 쏟아질 것 같다
누가 말했는데

그보다 먼저
"쨍그랑"

맑고 투명한 소리가
날 찌를 것 같은
위험한 날.

겨울 숲

엽록소를 숨기고

언 땅의 고독을 딛고
침묵

그리움 새김질하는
겨울 숲에
창백한 눈발 날린다.

2부

꼬부랑 할머니

그럴지라도

늘그막에
어처구니없이 당한 억울함
정신을 갉아 먹혀
헌데 투성이 흠집 났다

약지 못한 자
손해의 벌 받아야 하고
정의롭지도 공평하지도 않은
법은 믿을 게 못 되고

속이고 감추는 지능 뛰어난 자
좀벌레 기생충 같은 놈이
잘 사는 하늘에
달은 왜 저리도 맑은지

또 한 켜의 삶을 기록한다

험한 세상 그럴지라도
살아냈다고.

우리 할머니
— 백만 가지 사연 1

임오년 생 밀양 박씨
우리 할머님

속이 다 썩어
텅 빈 고목의 웅얼거림 늘 하셨다

마른풀 바스러지는
아픈 비명이었다

한밤중
꼬부랑 허리 웅크리고 앉아

장죽에 실담배 쟁여 피워 물고
내쉬는 한숨
백만 가지 사연

식민의 원통함을 삭히시느라 내는
침묵의 외침이었다.

할머니의 웅얼거림
— 백만 가지 사연 2

울아버지 세 살 적에
청상과부 되시어
사남매 혼자 기르신
여장부 우리 할머님

머리엔 무명 수건 두르시고
꼬부랑 허리 광목 치마 차림으로
논밭일 늘 하셨다

목화밭 매시다가
밭두렁에 나앉으시면
언제나 눈은 멀리 내려다보이는
신작로(新作路)를 향하셨지

보고 싶어서도
기다려서도 안 될
장남을 그리며 살아오신

젊은 날의 그 모습 그대로
장죽을 입에 물으셨다

목화 빛깔의
담배 연기 내뿜으시며
산비둘기처럼 구슬픈 소리로
백만 가지 사연을 토하셨다.

훈장 없는 영웅
— 백만 가지 사연 3

충남 대덕군 기성면 가수원리 63번지

내 아버지 태어나신 곳
백부님 식민의 회오리 속
파란만장한 삶 마감하신 곳
호랑이 할머님 평생을 사신 곳이다

슬퍼도 슬프지 않게
억척을 부리며 사셨다

은비녀 은가락지 빼주고도
아들의 이름 석 자
입에 올리지도 못하셨을 모정

살아도 사는 게 아니었을
억울하고 모진 세월 견뎌야 했던
헌신의 힘은

광복의 날을 기다리는 간절한 바람이었으리

반드시 되찾을 내 나라에

삶을 바치신 우리 할머님은

훈장 없는 영웅이셨다.

독립자금 모집책 李康夏
— 백만 가지 사연 4

나라를 **빼앗긴** 백성 누군들
어떤 즐거움 무슨 기쁨 있었으랴

어느 여름 그믐달이 설핏할 무렵
삽작문 기척 없이 들어온 장남
반갑기 앞서
가슴이 철렁하셨던 어머니

사흘돌이로 찾아와
아들 소식 캐는 일본 순사는
저승사자였나

양정고보 학업 중단하고
청년외교단 조직
임시정부 군자금 지원 모집책
격문 배포 등 독립운동의 열망은
죽어도 죽어서는 안 될 각오였지

상해로 건너가
임시사료회에 합류
안창호 선생 밑에서 한일관계 사료
전 4권을 편찬 발간한 업적
대전현충원 국립묘지 순국선열의 묘
146호에 새겨져 있다

군자금 좀 내라는 아들
먹을 양식도 없는데
무엇이 집에 남아 있겠냐는
슬픈 어머니

아들은 쇠스랑을 들고 와
구들장을 치며
"나라가 없으면 어머니도 아들도 없는 겁니다
 나라는 꼭 다시 찾을 겁니다."

그래 나는 죽어도 좋으니
너는 살아서 해방을 꼭 보거라
닷 마지기 논문서 내주셨다

일본 순사 조심하라며 배웅한 아들
몇 달 후 대구 감옥소에 있다는 청천벽력은
쓰리고 아픈 속병 만들어
매일 소다 한 숟갈씩 드셨다는
우리 할머니.

꼬부랑 할머니
— 백만 가지 사연 5

나라 빼앗긴 이 땅에
통곡하도록 억울하지 않은 백성 있었으랴

아들 다녀간 소식
일본 순사 귀에 들어갔는지
곤봉 찬 순사 두 놈이 와서
아들 어디 있느냐
무엇 하러 왔었느냐
윽박지른들
여장부 울 할머니
꿈쩍도 않으셨다지

독이 오른 놈들은
삽작 앞 오동나무에
할머닐 묶어 놓고 등을 내리쳤다

반나절 만에 풀려난 몸

가누지 못하시고
보름을 넘게 앓아 누웠어도
아픈 허리는 고부라져 펴시지 못하셨다

조국의 독립이
어머니보다 가족보다
우선인 아들 지키시려다
꼽추 할머니 되셨다.

그 꽃의 어미

"우리 집에 왜 왔니 왜 왔니?"
"꽃 찾으러 왔단다 왔단다."
"무슨 꽃을 찾으러 왔느냐 왔느냐?"
"순이 꽃을 찾으러 왔단다 왔단다."

그렇게 순이는 매파의 손에 이끌려
군용 트럭에 실려 갔다

열다섯 벙글지도 않은
순결한 패랭이꽃 순이
뿌연 흙먼지 속으로 사라졌다

공장에 가 돈 많이 벌어오겠다며
넷이나 되는 어린 동생들 앞에서
눈물을 훔쳤다

쌀독을 긁어도 늘 배고픈

입 하나 덜 셈으로
맏딸을 내어 준 어미
피멍이 들도록 입술을 깨물고
눈물을 참으려 앙다문 속에선
오래오래 신음만 흘러나왔다

일본 놈의 앞잡이에 속아 떠나보낸
딸은 생사조차 알 수 없고
멀리 배 타고 갔다는 소문
해일처럼 덮쳐 와
그 꽃의 어미 실성을 했다

취업 사기요, 인신매매의
나쁜 놈들은 자손만대에 이르도록
천벌을 받아야 한다

깜깜한 광속에 갇힌 짐승이 되어

딸 이름만 부르다 서서히 말라 죽었다는
순이 엄마

앞마당엔 연분홍 패랭이꽃이 피었습니다
순이의 꽃봉오리도 슬프게 맺혔습니다.

두려워 말자

세균도 아닌 것이
곰팡이도 아닌 것이
키스의 화가
클림트를 56세에 쓰러트렸다는
독감 바이러스

사스, 조류 독감, 돼지 열병
변형에 변형을 거듭한
코로나19 바이러스가 지구를 흔든다

하나님의 회초리일까
천산갑을 만진 죄
박쥐를 잡은 죄
자연을 훼손한 죄

사람들이 쓰러지고
경제가 무너지고

신뢰마저 무너지는
소리 없는 전쟁

회개의 기도를 드리며
인터페론*을 주소서

공포의 팬데믹
이 또한 지나가리라
두려워 말자.

* interferon: 바이러스에 감염된 동물의 세포에서 생산되는 항바
이러스성 단백질

한뉘

일월보다 더 추운
이월을 견디고
짧은 봄을 건너
여름이 왔어도
코로나는 물러가지 않고

어수선한 행성에서
희수를 맞는다

수선도 못 할
습관이 돼 버린 과거

시키는 대로 하는 일소였다
사막을 걷는 낙타였다
안방의 농짝이었다
조롱 속 새였다

그렇게 나의 최대 용량을
다 써버린 지금 아닌 척하며 지내는
내 모습

곱던 눈썹 희미해지고
웃어도 우는 거 같은 얼굴
그냥 아무것도 아닌
소멸되어 가는 유기체가
거울 앞에 서 있다.

사약 같은 말 한마디

모자 쓰고
안경 쓰고
마스크 쓰고
빈 가슴으로 마트에 나갔다

오랜만에 본 지인이
반색하며
"요즘도 시 쓰세요?"
물었다

아, 나는 그에게
시를 쓰는 사람으로 읽혔나 보다

가슴이 뜨끔했다

시는 안 써도
그럭저럭 살아지는 요즘인데

야윈 마음에
사약같이 어두운
슬픔이 왔다.

그 남자

연둣빛 여린 초록 앞에
훈풍으로 감겨 온
바람 있었다

소꿉놀이 같던 삶이
어느새 뒤안길 되고
군입질로 질퍽이더니

향기도 꿀도 다 잃고
시들은 무청
슬픈 빛깔로 돌아왔다

절망에 막힌 말문
돌개바람 되어
채찍을 휘두를까
끌어안고 통곡을 할까

산도 기둥도 아닌

마른 나뭇가지 되어

지친 바람은

빈 몸으로

아주 날아갔다.

임이 오신다면

이 세상에서의 삶
다 스러진 뒤
천만년을 침묵한 뒤에라도
임이 오신다면
나 깨어나 손을 내밀겠어요

혹 그대
날 몰라보신다면
복숭앗빛
무릎을 보여 주겠어요

내 몸의 전부 중에
제일 예쁘고 향긋하다
하신 말
천만년이 지나도
잊지 않을 거라
했었으니요.

3부

비아 돌로로사

하늘 소망

저 높은 하늘에는
벽이 없다
그래서 문을 달 수도 없다

누구나 갈 수 있는 곳이나
아무나 못 가는 곳이다

다만
하늘 소망을 품은
간절한 자만이 갈 수 있는 곳이다

마음을 다하고 뜻을 다하여
하늘을 사모하는 이에게
날개를 주시리니

그날 오르리라.

은혜의 강물 흐르는 곳

지금까지 주문진교회를 이끌어 주신 하나님
우리의 예배는 늘 감사의 잔치입니다

우상 들끓는 바닷가 주문진에
파란 눈 하디 선교사를 보내 주셔서
122년 전 작은 기도처가
이제 큰 강줄기로 흐릅니다

믿음의 선진들 무릎 꿇은
간절한 기도 있어
오늘의 주문진교회로 우뚝 서게 하셨습니다

새잎 돋는 푸른 희망과
힘차게 솟아오르는 태양의 힘으로
전도하고 양육하는
은혜의 강물 출렁입니다

삶에 지친 영혼
깊이 박힌 쓴 뿌리도 녹아
이 성전에 나래를 접습니다

우리의 심령이 더욱 맑아지기를
우리의 믿음 더욱 굳은 반석 되기를
주의 사랑 더 멀리 퍼져 나가기를
주님의 종이 인도하심 따라
믿음으로 하나님을
기쁘시게 하는 교회
성도들 하나 되어 세계로 흘러갑니다.

병상 기도 1

오 주님
나의 육신이 통증으로 말미암아
심한 고통 중에 있사오니
주의 은혜로 나를 구원하소서

주의 뜻에 반(反)하여
불충한 죄 있거들랑
낱낱이 기억하여
회개하게 하시고

당신이 주시는 모든 것을
견뎌낼 힘을 주소서

나는 주의 피조물이오니
이 고통 중에도
주님의 은총을 바라나이다

오 주님

이 병마와 싸워 이기게 하시고

주의 사랑 받는 자녀임을

나타내며 살게 하소서.

비아 돌로로사*

오, 청년 예수시여
아무 죄 없이
로마 병사들에게 체포되어
무지한 자들로부터 받은
수치와 수모
모진 아픔과 고통 중에도
오직 아버지의 뜻을 따라 침묵하며
열네 고비 길을 겪으셨습니다

십자가에 달려 고난 중에 돌아가신
저질러진 그 모든 죄악을
용서하셨나이다.

* 비아 돌로로사(via dolorosa) : 예루살렘 중심부에 있는 길, 라틴어
(슬픔의 길, 예수 십자가 수난의 길). 예수님이 빌라도의 법정에서 재
판을 받고 골고다 언덕 사형장에서 십자가에 달리시기까지 걸어가
신 수난의 열네 고비에 의미를 담아 그림 또는 조각으로 그 위치가
각각 표시되어 있는 길.

빌라도의 법정
— 비아 돌로로사 제1지점

빌라도 당신은
로마의 5대 총독으로 부임하자마자
유대인을 강하게 억압하는 정책을 시작했다

민란을 두려워하여
성자 예수를
십자가에 못 박히게 내어 준
역사적 죄인이 된 곳이다

빌라도는 예수를 심문(審問)하였으나
아무 죄를 찾지 못했다, 그럼에도
최고형인 십자가형을 내리고
자신에게는 죄 없음을 변명하기 위해
손을 씻은 약삭빠른 자요
군중에게 책임을 떠넘긴
비겁하고 무책임한 자이다

빌라도의 재판정은
진리를 거스르면서
성자 예수에게
사형 언도를 내린 최악의 장소가 됐다.

가시관과 홍포*
— 비아 돌로로사 제2지점

성자 예수시여
나는 손가락의 가시도
못 견디게 아팠는데

가시관을 쓰고도
그 쓰라린 채찍의 고통을 어찌 견디셨나요
홍포를 입혀 희롱하는 로마 병사
얼굴에 침 뱉는 병사
온갖 수모를 어찌 견뎠나요

무거운 나무 십자가 메고 나오는
예수 앞에서
"자, 이 사람이요."
빌라도가 말했을 때
군중들은 더욱 소리 지르며 흥분했다

십자가를 메고

조롱하는 군중 사이로
사형장 골고다를 향해 옮기는 발걸음마다
흘러내리는 피와 땀

우리 죄를 대신 지신
주 보혈이었네.

* 하나님의 아들이라 자칭하는 예수를 조롱하기 위하여 가시나무로
  관(冠)을 만들어 씌우고 당시 최고급 옷감의 붉은 옷을 입혔다.

예수 처음 쓰러지신 곳
— 비아 돌로로사 제3지점

겟세마네 동산에 올라가
밤잠을 못 이루고
기도하셨다

통곡을 하여도 시원치 않을
억울한 죽음 앞에
땀방울이 핏방울 되도록
기도하신 예수

쇠약할 대로 쇠약해진 몸
십자가 형틀을 메고 가시다
기진하여 쓰러지신 곳

아르메니안 기념교회 소속의
작은 교회당이 세워졌다.

슬퍼하는 어머니 마리아를 만난 곳

— 비아 돌로로사 제4지점

나를 낳아 주신 성모여
세상에서 나를 제일 사랑하신
나의 어머니

슬퍼하지 말아요
참으로 하나님께
은혜받은 여인 중에
큰 복을 받으신 성모여

가시관을 쓰고 흘러내리는 붉은 피
채찍으로 맞은 상처에서 흐르는 피로
범벅이 되어 사형장으로 끌려가는
아들의 처참한 모습 보고
슬퍼하지 않을 어미
세상에 있을까

그러나 예수여

당신은 그리스도 구주(救主)이기에
다 참으리다

몸부림쳐 통곡하고 싶은 슬픔도
강하게 참으리다
아무것도 두려워하지 않으리다.

십자가를 대신 져 준 시몬
— 비아 돌로로사 제5지점

구레네 사람 시몬이여
고맙소

두 아들의 아버지인
그대가 시골에서 올라와 우연히 지나다
예수의 십자가를 대신 메고
골고다 언덕까지 갔다는
영광스러운 얘기 성서(聖書)에 써 있소 (막 15:21)

비록 로마 병사들에게
강제로 끌려 행한 일일지라도
영원히 기록된 좋은 일이요

피 흘리며 기진맥진하여 쓰러지고
또 쓰러지던
예수의 십자가를 잠시나마
대신 져 준 구레네 사람
시몬이여 고맙소.

베로니카의 수건

— 비아 돌로로사 제6지점

성 베로니카여
그대는 참 용감하였느니
극악무도한 로마 병정의
삼엄한 감시에도 아랑곳 않았다

피땀으로 얼룩진
예수의 처참한 모습 외면치 않고
머릿수건을 풀어
예수의 얼굴을 닦아 드렸더니
기적이 일어났다

하늘의 감동인가
오, 거룩하신
예수의 초상이 나타났다

이를 기념하기 위해
그리스 정교회가 이 지점에
기념교회를 지었다.

두 번째 쓰러지신 곳
— 비아 돌로로사 제7지점

흠 없고 깨끗한 어린양
예수시여
기진한 발걸음 더는 걸을 수 없어
두 번째 쓰러지신 곳
옛날엔 그곳에
성 밖을 출입하는 문이 있었다지요
걸음마다 고통의 발자국
피로 얼룩졌으나

예루살렘 그 마을
도로공사 하던 병사들까지 모여들어
사형받으러 가는
성자 예수를
구경거리로 삼았다

그 자리에
두 개의 기념 예배당이 세워졌다.

슬피 울며 따라오는 여자들
— 비아 돌로로사 제8지점

일곱 귀신에게 사로잡혀
병에 시달리던
막달라 마리아
귀신을 쫓아내고 병을 고쳐 주신
예수를 어찌 잊겠는가

빌라도의 법정에서부터
골고다 언덕까지 가슴을 치고
슬피 울며 따라가
예수의 죽음과 부활을 모두 지켜본
산 증인이다

살로메
세베대의 아내 갈리리 여인
두 아들 야고보와 요한을
예수의 제자로 드리고
자신도 끝까지 예수를 섬기며

열정으로 헌신한 여인
예수의 빈 무덤을 처음 발견한 여인

이 여인들의 슬피 우는 모습을 보며
예수께서
"예루살렘 딸들아 나를 위해 울지 말고
너희가 너희 자녀를 위해 울라." 하신 곳

예수는 두 번씩이나 쓰러지시면서도
부활을 보게 될 여인들을 위로하셨다.

세 번째 쓰러지신 곳
— 비아 돌로로사 제9지점

오 어린양 예수여
기진하여 쓰러지고 일어서고
또 쓰러지신 고난의 길
비아 돌로로사

피범벅이 되어 고통에 괴로워하는
모습을 보면서도
죽음을 외치는
무지한 군중들의 흥분한 소리

로마 병사들은 그때마다
채찍을 휘둘러 실신토록
40대 넘는 매를 쳤다

베면 피 나고 아픈
우리와 똑같은 육신으로 오신 성자

신음 한 번 안 내고 일어나
사형장 골고다로 향했다
예수님 세 번째 쓰러지신 곳에
곱택 교회가 세워졌다.

예수 옷을 벗긴 곳
— 비아 돌로로사 제10지점

십자가 형틀에 죄인을 달기 전에
공포와 수치심을 더욱 느끼게 하기 위해
잔악한 로마 병사들은
예수의
겉옷과 속옷을 강제로 벗겼다

그들은 처참한 모습의
예수를 앞에 두고
겉옷은 네 깃에 나누어 가지고
속옷은 제비뽑아 취했다

구원자로 오신 예수
잔인하고 무식한 자들에게
모진 악행을 당한 곳

망치 소리와 비명
— 비아 돌로로사 제11지점

오 주여
돌부리에 발이 부딪쳐도
소스라치게 아픈데
얼마나 아프셨을까

십자가에 손발 못 박을 때
비명보다 더 크게
망치 소리 쾅 쾅 울리는 듯합니다

못 박힌 손발에서
뿜어져 나오는 붉은 피
성혈(聖血)
온 세상의 모든 죄
사하셨네.

예수 죽음을 맞다

— 비아 돌로로사 제12지점

십자가 형틀의 죽음은
고통 중에 서서히 숨이 멎으니
잔혹하기 그지없다

못 박힌 몸은
근육에 경련이 일어나고 피가 다 빠져나가
혼수상태가 되어
몇 시간 내에 질식하여 죽게 된다

제육 시*쯤 큰 소리로
"아버지 아버지의 손에
내 영혼을 맡깁니다." 하시고

제구 시*쯤에 크게 소리 질러
"엘리 엘리 라마 사박다니."* 하시고
영혼이 떠나셨다

엘리는 하나님을 뜻하는 히브리어로

"나의 하나님 나의 하나님 어찌하여

 나를 버리셨습니까."라는 뜻

시편 22장 1절에도 다윗이 하나님을 향하여

똑 같이 부르짖었다.

*제육 시 : 현재의 오후 12시

*제구 시 : 현재의 오후 3시

*이사야서 59장 2절에 "오직 너희 죄악이 너희와 너희 하나님 사이
를 갈라놓았고 너희 죄가 그의 얼굴을 가리어서 듣지 않으시게 함
이라."

예수님의 시신을 내려놓은 곳
— 비아 돌로로사 제13지점

부자 아리마대 사람 요셉은
정치와 종교의 최종 의결 기구인
산헤드린 공회의 정회원이며
율법에 능통하고 신망 있는 사람이다

그는 하나님을 믿었고
예수는 하나님의 아들임에
틀림없다고 확신했다

같은 공회원인 니고데모에게
예수의 소문을 들었다
유월절 전날
십자가에 못 박혀 처형 당했다는
소식에 깊이 애통하며 고민했다

예수의 시신을 십자가에 달린 채
그대로 둘 수 없었기에

용기 내어 빌라도에게
예수의 장례를 자청
향품으로 장례를 준비했다

예수의 시신이 내려진 곳에
성묘(聖墓)교회가 세워졌다.

요셉의 묘에 예수님의 시신을
— 비아 돌로로사 제14지점

요셉은 자신의 모든 것을 걸고
예수님을 장사 지냈다

자신이 죽으면 들어갈
돌무덤에 예수님을 안장하고
큰 돌로 입구를 막았다

앞으로 닥칠 고난을
자청하며 헌신한
아리마대 요셉

산헤드린 공회와 제사장들에게
예수의 시신을 도둑질한 혐의를 받고
공회원 자격 박탈과
사십 년의 감옥살이 형을 받았다

장사한 지 사흘 만에

부활하신 예수의 시신이
안보인 까닭이다

하나님의 아들인 예수는
승천하셨기에 무덤에 안 계셨다.

4부

단 하룻밤 내 품에

좁교*라는 가축을 아시나요

히말라야 끝자락
티베트 국경 근처엔
세상에서 제일 높은 사막
무스탕(mustang)이라는 마을이 있다

그곳에 히말라야에서 가장
슬프다는 짐승 좁교가 살고 있다
그는 오로지 사람들의 짐을
대신 져 주기 위해 태어났다

어미 물소의 힘을 받았고
아비 야크의 튼튼한 심장을 가졌다

해발 4,000km의 고산 지대
풀포기 하나 없는 돌짝길 흙먼지
거친 자갈밭 좁은 절벽을 지나
작은 몸에 25kg의 등짐을 지고서

꾸벅꾸벅 소리 없이 걷는다
온순하여 더욱 슬픈 눈망울로

어둑살이 깔리는 도시
퇴근 시간 마을버스에 실려
산동네를 오르는
어깨 굽은 가장
지구에 매달려 사느라
고단한 걸음 꾸벅꾸벅
우리들의 아버지도 그랬었다

주인을 먹여 살리는 짐꾼 좁교
가족을 먹여 살리는 우리들의 아버지
좁교의 식량은
아침저녁 두 홉의 옥수수 알갱이

보라바람* 불어쳐도

모진 추위에도 더위에도 걷고 또 걷다가
한 생애 십 년
수명이 짧아 더욱 슬픈 짐승
좁교를 알고 나서 하늘을 보니
눈물 빛 낮달이 걸렸다.

* 좁교(zhopkyos) : 히말라야 저지대에 사는 암소를 고산 지대에 사는
  야크에게 끌고 가 인위적으로 교배시켜 낳은 짐승. 심폐 기능이 뛰
  어나고 힘이 세지만 온순하여 가축으로 길들여 네 살이 되면 짐꾼
  으로 일한다. 수명은 십 년이다.
* 보라바람 : 높은 고원에서 갑자기 불어내리는 차갑고 센 바람

각시병*

찔레꽃머리*
부드러운 바람 살랑이던 날
신랑 각시 맞절하는
초례청에 얌전히 오른
모란문 각시병 한 쌍

다소곳이 이마 숙인 새각시
길고 흰 목덜미
엉덩이도 암팡진 각시병 닮았다

첫날밤
합환주를 담아 신방에 들었었지

새신랑은 너볏한* 모습으로
삼회장 초록 저고리 자주 고름을 풀었지
꽃문 여는 소리 다 듣고 보았지

문갑 위 각시병 한 쌍

지금도 그대론데

백년해로하자던 신랑은

먼저 가고

백발의 각시 홀로

초록 초록했던 날을 더듬는다.

* 각시병 : 옛날 혼인식 때 술을 담아 올리는 주병. 혼수품으로 신부
  가 가지고 갔다. 높이가 15~17cm 정도로 작은 꽃문양의 호리병
* 찔레꽃머리 : 찔레꽃이 피기 시작하는 초여름의 때
* 너볏 : 몸가짐이나 행동이 번듯하고 의젓한 모양

벼랑에 서면

텅 빈 마음 슬퍼질 때
바다가 내려다보이는
언덕에 오른다

철썩이는 파도는
멀리 달아나지도 못하고
다시 오는 꼴이
내 삶만 같아

왈칵 안기고 싶은 날 있었다

저 바다 심연에
한 천년을 견디면
자수정 빛 별 되어
영원히 반짝일 수 있을까

발밑이 바다인 벼랑에 서면

뜨겁게 뜨겁게 역류하는

그런 생각

외람되이 지금도 두근거린다.

주문진 해안도로 1

이제 막 퍼지기 시작하는
오전 열 시 십 분의
시월 햇살이
등대 꼬댕이
해국의 보랏빛 이마를
쓰다듬을 때
해말간 갈매기 소리에 실린
파도 한 자락
툭 떨어지는 가을 아침

주문진 해안도로 2

바다는 늘
민낯을 보여 준다
감출 것도 꾸밀 것도 없다는 듯

알몸으로
때로 몸부림치는 낯빛이
슬픔을 우려낸 빛깔이다

산실의 산모처럼
뒤틀린 옆구리에
무엇을 품었는지

물질하고 나온 머구리의 망태가
한껏 부풀어 나온다.

주문진 해안도로 3

저 바다 위로
봄이 왔다 가고
여름도 지나간 후

녹슨 빛깔이 기웃거리면
모진 바람에
등 떠밀려 언덕배기
좁은 골목길 오르는 사내 뒤로

같이 가자고
같이 가자고
깨지고 넘어지면서
파도가 따라온다.

월띠(月帶)

아주 먼 옛날
35억 년 전
한반도 서해 최북단 소청도 해안에
시아노박테리아*가 살았는데
광합성을 하며 단백질을 뿜어
칼슘을 만들었지요

이 작은 생명체로부터 이어진
한반도 최초 생명의 흔적이
분바위(粉岩)라네요
일명 월띠바위라고도 하죠

분바위는 얼마나 흰지
분을 뽀얗게 바른 거 같아
칠흑 같은 어둔 밤에도
먼바다에서 보였다네요

옛적 등대가 세워지기 전
달 없는 그믐밤에
선조의 어부들은
분바위 흰 띠만 바라보며
갯가로 무사히 들어왔다지요

어부들의 등대 역할을 했다는
분바위 흰띠는 밤에도 빛이 나
항해하는 배에게
참 고마운 등대였답니다

작은 박테리아의 힘이
지구를 푸르게 하고
생명의 역사를 이루게 했지요

소청도 남쪽 해안에 있는
월띠바위는

스트로마톨라이트*로 생성된
천연기념물 508호입니다.

* 시아노박테리아 : 원시 조류의 일종, 엽록소를 가지고 광합성을 하
  는 세균
* 스트로마톨라이트 : 남세균이 생성한 생화학적인 부착물들이 연안
  에 오랫동안 쌓여 생성된 퇴적암

단 하룻밤 내 품에

금빛 햇살 쏟아지는
오월 맑은 날이었지

한껏 축복받아야 할 날
그는 버림받았다

30여 년 지난 그 봄밤
나는 그의 옆에 누워
밤 지새도록 그를 품었었지

첫국밥도 안 뜨고 떠나간
어미의 배속은 허공이었나
3.2kg의 이목구비 또렷한
건강한 사내 아기

"엄마 같이 살면 안되나요"
사정하듯 울어대던

첫울음 못 들은 체하며
돌아선 어미
속울음 피 토하며 갔을 거야

그 밤 지나면
○○복지에서 데려가기로 한 아기
내가 품어 키우고 싶은 생각 잠깐 했었지

어쩌면 조국을 떠나
꼬리표 달고 먼 서양으로 갔으리

지금쯤 멋진 청년 되어
제 몫의 삶 잘살고 있겠지

그는 기억 못하겠지만
단 하룻밤 내 품에서 울던 아기의
첫울음 소리 가끔
그날처럼 들려온다.

고 이충희 시인을 추모하며

2021년 음 정월 초나흗날 아침
서둘러 왕산골 유록사를 찾아드니
만 가닥의 슬픔처럼
눈발이 휘날렸지요

아침 일찍부터 시작된 49재 중 초제를 올리는 날
노스님의 천가 염불 소리가
맑은 목탁 소리에 맞춰 흐르고
슬픔을 감추고 엄숙히 제를 올리는
아들 한승, 딸 민정, 민재, 사위와 눈인사하고
생시인 듯 배시시 웃는 영정 앞에
선생님 좋아하시던 분홍 보라 섞인
리시안셔스 꽃다발을 놓고 목례를 올렸지요

선생님,
나이 들어 이 빠지듯 하나 둘 내 곁을 떠나는 지인들로
주위가 매우 헐렁해졌습니다

여백이 너무 커 쓸쓸합니다

봄이 오는 길목이 왜 이리 더딘가 싶게
시린 눈물 뿌리듯 휘날리는 눈발
나부끼는 흰 눈 사이로
언뜻언뜻 옛일들이 떠올랐습니다

지연 학연 전혀 없는 바닷가에
생활 터전을 옮긴 지 수년이 됐어도
적응이 안 돼 힘들었던 어느 여름날
명주동 선생님 댁을 찾아들어 푸념을 늘어놓으니
"애 애, 그래도 원장님 기다리신다
혜란 혜영이도 엄마 찾을 게다, 어서 집에 들어가."
자애로운 큰언니처럼 긴소매 셔츠를 걸쳐 주며
다독여 주셨던 손길 따뜻했습니다
지금도 그 셔츠는 농 서랍에 추억으로 남았습니다

오랜 교단생활이 몸에 밴 습성, 호불호가 분명하여
잘잘못을 돌직구로 훈계하시니
더러는 후배들이 무섭다고도 했지요

세밑 추위가 있던
음 섣달 스무여드렛날 새벽 6시
조용히 눈 감으셨다는 비보
강릉문인회장 김경미 시인으로부터 받고는
어떻게 어떻게 그리도 황망히 떠나셨나
놀란 가슴 달랠 길 없었습니다
나무아미타불 극락왕생
지장보살 지장보살 인도로 왕생극락하소서

2월 10일 오전 11시 강릉의료원 장례식장
듣도 보도 못했던 코로나19라는 괴물이
문상객의 발길도 더듬거리게 했습니다
QR코드를 찍고서야 통과를 했지요

친정 살붙이같이 살갑게 대하셨던
갈뫼의 권정남 시인, 지영희 시인과 함께
문상하던 날은 조용히 그냥 조용히 기도만 올렸습니다

1938년 음 2월 18일 나시어
여든네 해 사신 나이테 참 아름답습니다
삼남매 반듯하게 키워 출가시켰고
지아비 김원석 교수님 내조 잘하셨고
교직에 33년 후학들을 길렀고
시인으로 작품집 다섯 권 펴내셨으니
열심히 잘 사시고말고요
훌륭하십니다

1982년 《현대문학》지에
「동해 구곡」으로 추천 완료하신 심사평을 읽어 보니
초지일관 다섯 권의 시 작품들 흐트러짐이 없었습니다
"현존의 삶과 자연과의 인연을 연민의 감정으로 관조하고

순결 무구한 사랑, 영혼에 대한 탐구를
낭만적이고 서정적으로 그려냈다" 평했습니다

네 번째 시집 『이순의 달빛』을 받아 읽은
평창의 김남권 시인은
"자연과 생명, 인연법을 따라 적멸하는 깨달음과
감동을 나누는 향기로운 불꽃 같은 따뜻함"이라 평했습니다.

시집을 상재할 적마다 약력은 되도록 짧게 간단히 적었으나
강원여성문학회장, 강릉여성문학회장, 산까치동인회장 등
여러 문학 단체의 수장을 지내셨으며 관동문학상, 강원문
학상, 강원여성문학상, 강릉예술인상, 허난설헌 시문학상
등을 수상하신 화려한 업적은 대단한 것입니다

2017년 10월에 펴내신 축시집 『靑枕』의 시인의 말에서
"정리할 세월 이슥한 여든에 이르러 축시집을 묶는다" 하
셨으며

시집의 맨 끝 순서로
〈내 시에 대한 뼈아픈 헌가〉에서는
"내 시, 너는 내 첫사랑이다.
… (중략) …
내 반쪽이다
그리움의 온갖 이름으로
둔갑하고 나서도 귀신같이 알아채는
내 시, 언제 어디서고 너를 불러내면
발밑에 당도하는 충직한 가신이다."
라고 고백하셨습니다.

사람은 시간의 존재이기에 스러집니다만 작품은
세월이 가도 영원히 남을 겁니다
이충희 선생님,
그립고 아쉬운 게 있을지라도
부디 평화롭게 영면하소서.

원로 시인의 사유, 그 확장력

남 진 원

(문학평론가, 강원특별자치도 문인협회 회장)

원로 시인의 사유, 그 확장력

남 진 원 (문학평론가, 강원특별자치도 문인협회 회장)

이구재 시백께서는 1979년 월간 시 전문지인 『시문학』을 통해 문단에 나오셨습니다. 그간에 낸 시집만도 『주문진 항』(1984), 『나무들의 웃음』(1991), 『바다동네에 눈 내리는 날』(1999), 『슬픈 보석』(1999), 『초록의 문』(2015), 『그리움은 지나야 온다』(2018)를 상재하였고 한국 대표 문학상 수상(강원문학상, 허난설헌문학상, 한국현대시인상 등)은 물론, 문단의 주목을 받았습니다.

이구재 시백님의 시집 출간에 대해 축하의 기쁨을 올립니다. 지식정보화와 산업 기술 시대에서, 시 한 편 한 편이 사람들에게 스며들어 영혼의 울림으로 마음을 깨우는 절

박한 시대에 이르렀습니다. 때맞추어, 이번에 내는 시집에는 원로 시인의 사유가 폭넓게 수용되어 완성도 높은 시 작품으로 드러나고 있습니다.

문학은 사랑입니다. 행복은 물질을 통해 얻는 것보다 예술 작품, 문학을 통해 얻음으로써 안식과 평화, 소망에까지 이를 수 있습니다. 이구재 시백께서는 독실한 종교적 신앙의 시인입니다. 그렇기에 그의 믿음을 빌리면, 그의 시들은 창조주 하나님이 마련해 준 자연에서 시적 정서를 담아 창작되고 있습니다. 그리고 그의 삶과 죽음은 이미 신앙적인 사랑과 믿음의 세계에 닿아 있음을 알 수 있습니다.

오 주님 / 나의 육신이 통증으로 말미암아 / 심한 고통 중에 있사오니 / 주의 은혜로 나를 구원하소서 // 주의 뜻에 반(反)하여 / 불충한 죄 있거들랑 / 낱낱이 기억하여 / 회개하게 하시고 // 당신이 주시는 모든 것을 / 견뎌낼 힘을 주소서 // 나는 주의 피조물이오니 / 이 고통 중에도 / 주님의 은총을 바라나이다 // 오 주님 / 이 병마와 싸워 이기게 하시고 / 주의 사랑 받는 자녀임을 / 나타내며 살게 하소서

—「병상 기도」 전문

모든 생명 있는 것들은 언젠가는 죽어갑니다. 죽음도 죽음이지만 이에 앞서 함께 따라오는 고통은 누구나 감내하기 힘들 것입니다. 작가는 병상에서 통증의 고통을 겪으며 주의 사랑으로 병마와 싸워 이겨내고자 하는 의지를 읽을 수 있습니다. 이러한 그의 신앙에 대한 의지는 문학적 영감의 투사에 의한 영적 에너지로 보이며 「하늘 소망」에서 한 차원 승화한 모습으로 그려졌습니다.

　　저 높은 하늘에는
　　벽이 없다
　　그래서 문을 달 수도 없다

　　누구나 갈 수 있는 곳이나
　　아무나 못 가는 곳이다

　　다만
　　하늘 소망을 품은
　　간절한 자만이 갈 수 있는 곳이다

　　마음을 다하고 뜻을 다하여
　　하늘을 사모하는 이에게

날개를 주시리니

그날 오르리라.

　　　　　　　　　　　　　　—「하늘 소망」

　등단 이후 자신의 개별적인 자기 서정성을 지켜온 시인은, 여전히 아름다운 서정성에 기대고 있습니다. 여기서 더 나아가 사물에 대한 이미지의 아름다움을 뛰어넘어, 의미에 대한 신앙적인 내면을 믿음의 이미지로 그려 보입니다.

　한편으로 자기 서정성은 더욱 완숙하여 부드러우면서도 단단함을 볼 수도 있었습니다. 작품 「살구꽃 편지」, 「각시병」, 「풀잎에 대한 명상」, 「황새냉이 꽃」 등에서 그 예를 들 수 있었습니다.

　시인은 작은 우주입니다. 눈 하나는 자신의 내면을 향하고 다른 하나는 바깥 세계를 투시해야 합니다. 자기 목소리를 들으려는 내면의 귀 하나와 세계에 기울이는 또 하나 듣는 귀가 있어야 합니다. 이러한 시인들은 시대를 바라보는 의식에 눈 뜨고 귀를 열고 있습니다. 이구재 시백님의 작품집에는 이러한 시대 의식의 면모가 그린 시편들이 잠재적인 우리의 의식을 깨웁니다.

- 시대와 환경의 그늘에서 버림받으며 태어난 아이들의 성장과 아픔이 그려진 작품(「단 하룻밤 내 품에」).
- 한밤중에 깨어나 꼬부랑 허리를 웅크리고 있는 할머니의 장죽에서 내뿜는 긴 연기와 한숨 소리(「우리 할머니」)

이러한 작품에는 아픔의 시대적 목소리가 담겨 전해져 옵니다.

이외에도 시 「월띠(月帶)」에서는 지구의 역사성에 대한 사유가 새롭게 읽혀집니다. 지구의 역사가 약 45억 년으로 여기고 있습니다. 이 시에서는 약 35억 년 전 한반도 서해 최북단 소청도 해안의 이야기가 나옵니다. 이곳에서 광합성을 하며 단백질을 뿜어 칼슘을 만드는 시아노박테리아의 작은 생명체로부터 이어진 한반도 최초의 흔적이 있었다고 합니다. 작은 박테리아의 힘이 지구를 푸르게 했다는 지구 시원의 역사성은 새로운 사유의 신선한 영역이라 할 수 있습니다. 생명의 역사를 이루었다는 소청도 해안의 '월띠 바위'를 통해 진실로 인간에 대한 철저한 사유와 상상력이 필요한 이 시대라는 것을 느낄 수 있습니다. 이 밖에도 이 시집에는 다양한 시적 사유를 할 수 있는 작품들이 독자들에게 말을 전하고 있습니다. 그렇습니다. 원로 시인님의 내

적 외적 사유의 공간성 안에서 시적 확장력이 돋보였습니다.

이구재 시백님은 우리 시대 원로 시백이면서 강릉 지역에서 후배들의 본이 되는 원로 시인입니다. 저는 오래전부터 해안문학회 동인 활동을 하면서, 이구재 시백님을 가까이하게 되었습니다. 그런 연유가 있어서 이번에 이 시집의 끝에 외람되게 글을 올리게 되었습니다.

이구재 시백님의 시정(詩情)은 담백하면서도 은은한 아름다움입니다. 서정성의 시혼(詩魂)이 읽는 이의 가슴 어느 곳엔가에서 예쁘게 물이 들 것이라 여겨집니다.